明
室
Lucida

照亮阅读的人

EN RESUMIDAS
CUENTAS:
ANTOLOGÍA

不要问我
时　　间
如何流逝

何塞·埃米利奥·帕切科诗选

JOSÉ EMILIO PACHECO

[墨] 何塞·埃米利奥·帕切科 著　范晔 译

北京联合出版公司

目 录

I 夜的元素（1958—1962）

5　　攀缘植物
6　　在场
7　　铭文（节选）

II 火的安息（节选）（1963—1964）

13　　III

III 不要问我时间如何流逝（1964—1968）

33　　不要问我时间如何流逝
34　　叛国罪
35　　诗歌批评

36 诗人之恋

37 往日时光

38 安格尔,《维纳斯的诞生》

40 大地

41 罗马谈话(1967)

44 蝎子

IV 你将一去不返(1969—1972)

49 蛞蝓生理学

52 尼亚加拉瀑布

53 反柯达

54 诗人传

55 宣言

56 反朗诵

57 讲座

58 诗歌的悲哀

59 夜鸟

61 拉蒙·洛佩斯·贝拉尔德走过查普尔特佩克

V 漂流岛（1973—1975）

- 67 水与土：风景种种
- 68 被雨林吞掉的玛雅城市
- 69 弗朗西斯科·德特拉萨斯
- 71 夜与雪
- 72 火
- 73 玩具
- 74 死人
- 76 不可追忆
- 78 鱼的眼睛
- 80 美人鱼

VI 从那以后（1975—1978）

- 85 总而言之
- 86 洗衣店
- 87 致敬
- 88 夜曲
- 89 幽灵
- 90 老友重聚
- 91 猪在神面前

93　　阿古斯丁·拉腊的第一首歌
95　　幼儿园，4
97　　幼儿园，20

VII　海的工作（1979—1983）

103　　章鱼
105　　约拿报告
107　　新奥尔良码头
109　　前夜
111　　《背负十字架的基督》，博斯作
116　　"Y"

VIII　我向大地望去（1984—1986）

123　　墨西哥废墟（节选）
129　　大写的"我"
130　　阶梯剧场
131　　赞美
136　　巴洛克祭坛

IX 记忆之城(1986—1989)

143 塞萨尔·巴列霍

145 雨滴

146 伴侣

147 太阳雨

148 柳树

149 贝克尔与里尔克相遇于塞维利亚

X 月亮的沉默(1985—1996)

155 泰坦尼克号

156 收债人

157 雷

158 致敬恩里克·兰巴尔父子西班牙剧团

162 解构修女胡安娜·伊内斯·德拉克鲁斯

164 "拉格泰姆"

166 无人之地

168 分离

169 一滴

171 瓦伦西亚

172 碎片

176 正面

177 括号之间

179 黄昏

181 黑匣

182 月亮的沉默：主题与变奏

184 空中飞人

186 小丑

188 牢笼

191 幽暗空气（节选）

XI 流沙（1992—1998）

197 海之花

200 流沙

202 《喀尔巴阡古堡》

204 记忆

205 年纪

207 飞逝颂

209 二十世纪

210 日子

211 伟人

212 照片

213　雾

214　他者

215　黎明

216　形象

217　不受欢迎者

218　亡灵书

219　天堂军

220　少数派

221　镜子酒吧

222　丧葬仪式

XII　上世纪（结局）(1999—2000)

229　画花

230　世纪流转

231　比尔·盖茨的挫败

232　为字母 Ñ 一辩

233　公墓

234　吃掉全世界

236　反对哈罗德·布鲁姆

XIII 黑暗时代（2009）

239 香皂颂歌
242 征服纪事

243 时间过敏者（代后记）

I

夜的元素

(1958—1962)

献给安娜·玛利亚·伊卡萨
与拉蒙·希劳

……——没有竞争可言——

只有去收获已丧失的东西的战斗

一次次地找到而又丧失：此刻，似在不利的

条件下。可也许无所收益或损失。

对于我们，只有尝试。其余不是我们的事。

——T.S. 艾略特，"东库克"V，《四个四重奏》[*]

---

[*] 原书在英文原文后附上了帕切科自己的西班牙文翻译，此处据裘小龙的中译。——除特殊标明外，本书注释皆为译者所注

攀缘植物

绿或蓝,墙壁的果实,生长。
分开天与地。在时间中
变得更刻板,更绿。
石头的习惯,尖端彼此触碰
交织成贪婪的躯体。
流淌同样的浆液,是同一株植物
也是一座丛林。是岁月
彼此缠绕和挣脱。是日子
呈现失火的颜色。是风
穿过光寻到完好的
阴影高悬于攀缘植物。

在场

（致敬罗萨里奥·卡斯特利亚诺斯）

有什么会留下，当我死后
不过是这把未受伤的钥匙，
这些短暂的词语，日子曾用它们
在狰狞的阴影间播撒尘埃？

有什么会留下，当我伤在
那把最终的匕首？或许将属于我
幽惨而空洞的夜。
春天再也看不见她的光。

再也不会有因相信或爱而生的
辛苦和悲伤。时间开敞，
如同洋海与荒漠，

必将从模糊的沙地抹去
那一切拯救或捆锁我的。
如果有人活着，我也将醒着。

铭文（节选）

5

被黄昏吞噬之后
老虎没入自己的斑点，
凶猛的印记；
围困它的永恒军团，草丛，
枯枝败叶，是这牢笼
使老虎成为老虎。

6

闭上眼睛，大海。
把你的目光
转向黑夜
深沉广大的夜，
仿佛另一个泡沫与石头的海。

II

火的安息(节选)

(1963—1964)

献给帕特里夏·略萨与马里奥·巴尔加斯·略萨

纪念路易斯·塞尔努达

不要切慕黑夜,

就是众民在本处被除灭的时候。

——《圣经·旧约·约伯记》第 36 章第 20 节

III

1

突兀的硫黄气味,骤现
地下之水的绿色。
墨西哥地下在腐烂
依旧是大洪水时代的水。
我们深陷于湖泊,流沙
困住又封闭
一切可能的出口。

湖泊死于它石头的棺椁。
矛盾的太阳。
(有两片水域
一座岛在中间。
一墙之隔
为阻止盐水毒害
我们的淡水湖,在其中

神话仍敞开翅膀,吞噬
金属之蛇,诞生于
鹰的废墟。它的身体
震颤在空气中无穷再生。)

墨西哥地下的惨绿
永远腐烂的水
洗濯被征服的血。
我们的矛盾——水与油——
留在岸边并分开,
如同次等的神,
　　　　把万物分成:
我们想成为的和我们所是的。

(如果挖开
地下数米处
　　　　会涌出湖泊。
山峰的干渴,硫黄
继续啃噬岁月。
　　　　留下的是淤泥
其中躺卧蒙特祖玛的
坚石之城的尸骸。

它也会吞掉这些不祥的
倒影宫殿,极为忠诚,
忠于维系它的毁灭。)

美西螈是我们的纹章。它是
恐惧的化身,害怕失丧自我和蜷缩
于永恒黑夜 当诸神
在淤泥之下腐烂
它的沉默
            是金
——就像夸乌特莫克的黄金
诞生自科尔特斯的臆想。*

点亮灯。靠近些。已经晚了。
已经晚了。天色已晚。已经很晚。
打开门。还有时间。今天是明天。
手伸给我。看不见。没有人。
没有人。只有空无。是虚空。
或是上升的淤泥将我们包裹

---

* 夸乌特莫克(Cuauhtémoc,1495—1525),阿兹特克末代君主,被西班牙"征服者"埃尔南·科尔特斯(Hernán Cortés,1485—1547)俘虏后遭严刑拷打,要他说出黄金秘藏的下落。

要归还我们部分的尘土。

2

整个黑夜里我看见火焰生长。

3

城市在这些年里改变太多
已经不是我的城市,它穹顶间
的共鸣只是回声。它的脚步
不再返回。

回声 脚步 回忆 毁灭。

一切已远离。你的存在
空洞的记忆徒然回响,
被夷平的地方,荒地,废墟,
我最后见到你的地方,在夜里
在等待我的昨天在各种明天
已成为历史的另一个未来,
在我正渐渐失去你的持续的今天。

4

墨西哥的傍晚在西方
幽凄的山岭间……
　　　　　　那里的日落
绝望到有人会说：
如此衍生的黑夜将永无完结。

5

我知道何为疯狂却不知
　　　　　何为圣洁：
可怕的完美属于死亡。
然而那些无声，专横的节奏，
灾祸的秘密搏动，
燃烧在温驯的领域
那是墨西哥之夜。
　　　　柳树
与焦渴的玫瑰与棕榈，
哀丧的柏树已无水分，
是刺蓟的小径，是荒野
属于瘠地之蛇，居于淤泥

之乡，那些洞穴中
有雄鹰振翅
恍如地下墓室，有蛇
匍匐于墨西哥之夜。

    眼睛，眼睛，
多少毒蛇的眼睛望着我们
在墨西哥之夜，在吞噬之火
的野兽之怒中：
焚尸火堆在黑夜里
耗尽城市。
  到了第二天
只余下残迹。
    没有爱，一无所有：
只有毒蛇的眼睛望着我们。

6

要到何时，在怎样无预兆的孤岛，
我们能为众水寻得平静，
如此血腥，肮脏，遥邈，
如此深埋地下而绝灭

我们可怜的湖泊,泥污的
火山之眼,山谷之神
没人正面见过而对他的名字
古时之人都会缄默?

    他们对这许多
花园,船只做了些什么
还有森林,花朵和草地?
   都被消灭
好建立强盗自己的宫殿。
他们对那许多湖泊,城市里的
河道,水波与低语做了些什么?
用粪便填满,封闭
好让永世主子们的一切车仗
任意行驶在这土地,
这月亮火山口
其上坐落着流动的城市,游移的
黑夜首府。

副王总督曾说:"这土地上的人
都命中注定
归于永远的黑暗与沉沦。

他们生来只为缄默与顺从。"

副王总督的咒诅仍在泥沼漂荡。
过去的日子并非总是更好
也并非更糟糕。

没有时间,没有了,
没有时间。衡量
星球空中的衰老,当它抽泣着
不可遏制地经过。

7

地下的墨西哥……强权者
副王总督,皇帝,暴君
将湖泊和森林变成荒漠。

我们创造了荒漠。山岭,
因玄武岩与阴影与尘土而坚硬,
它们就是静止。

  轰然巨响

是死水在发声回荡
在凹陷的沉默中。
      修辞而已,
连哭声都只是修辞上的不公。

8

做梦的只有石头?
     它阴沉的本质
就是静止?
   世界就只是
这些静止的石头?

空气摩擦峭壁来消耗自己,
来寻求安息。下降的
晕眩无法减轻:无数领空
崩颓如潮。

9

今日,今夜,我独自连接
一切失落之物,但也包括

未来在内。
    在经过时
时辰与我一起
      暗淡下去。
在不属于任何人的火中混淆了
光与黑夜，不曾死亡的过去
与无人的瞬间，其间游荡着
蜘蛛黏性的闲散，
苍蝇及其毁灭者的小嘴脸。

天空在飞鸟及其歌声间流动。
流动，继续流动，一切流动：
道路因种种未来而迟缓，
流动的，烧焦的星星
自我消磨中承受刑罚
无休憩地分断黑暗。

10

必须鼓起勇气来做这件事；
书写，当愤怒的指甲
盲目的野兽围着墙垣打转。

不可能闭口不言,以沉默为食,
而做这件事纯属无用
瞬间的蛆虫随即到来
张开字词喑哑的嘴
吞食其中的灵魂。

    词语
蛀蚀的,跛行的,来自某处
老磨坊的阵阵敲击。
      多少事物,
多少已无用的事物哀哭
将在尘土里燃烧。

    燃起火堆。
火光。灰烬。
   所有悲伤
可怜的余烬
     都在消散时化作百合。

11

风带来雨。

花园里
植物在颤栗。

12

原野在正午阳光下燃烧。
此处万物已预备
重生。

    而那时,突然间,
整座花园从石头中耸立:
世界重新诞生在我眼前。

13

傍晚落入雨水
撞见海洋气息的旋转。
阴影的线条,边缘,背阴的阳台
黑暗在其间预备
滋生更多的黑暗。

一点一点

傍晚落入雨水。
　　　　　黑暗
沉没入光中。回响,震颤
那未知的敲击,无形的波浪
风中的火用她将世界点燃。

14
(佛陀的言语)

全世界都在火焰中。
　　　　　凡可见者
燃烧,有眼目在火焰中责问。

憎恨之火燃烧。
　　　　　贪利之火燃烧。
痛苦燃烧。
　　　苦痛即火焰。
烦恼是火堆
在其中万物
　　　燃烧:

火焰呼喊,

  火焰燃烧,
世界即火。
  世界与火。
请看
 风中落叶,
太悲伤,
  火堆里跃动。

15

诗歌是火堆
   不能持久

风中落叶
   或许
同样极其悲伤
    已静止
无人理睬
   直到有火
在她里面重燃

   每一首诗

火的墓志铭
　　　　　牢狱
呼喊
　　直到落在
火焰的沉默里

风中落叶
　　　极其悲伤
　　　　　　火堆

III

不要问我时间如何流逝

（1964—1968）

献给克里斯蒂娜

仿佛在电视屏幕上形象出现
又消失，我的生命也是如此。
仿佛飞速驶过公路的汽车
满载姑娘的笑声和电台音乐……
美丽飞逝就像汽车的型号换代
就像电台里不再时髦的歌。

——埃尔内斯托·卡德纳尔[*]

---

[*] 埃尔内斯托·卡德纳尔（Ernesto Cardenal，1925—2020），尼加拉瓜诗人、神父和革命者。

不要问我时间如何流逝

> 世上的尘埃中不见了我的足迹;
> 我离开步履不停。
> 不要问我时间如何流逝。
>
> ——李九龄作,黄玛赛译

冬天来到曾属于我们的地方
迁徙的鸟群在空中掠过。
以后春天会复活,
你种下的花朵会重生。
但我们不同
我们再也见不到
雾中的家。

叛国罪

我不爱我的祖国。
她抽象的光芒
无法把握。
不过我愿意(虽然不大中听)
献出生命
为了她的十个地方,
一些人,
港口,森林,要塞,荒漠,
一座破败的城市,灰暗,畸形,
她历史上的若干人物,
山峰
——以及三四条河。

诗歌批评

此处同样的雨及其愤怒的杂草。
盐,解体的海……
涂去以上部分,继续如下:
这凸形的海,它迁移不居的
与根深蒂固的习惯,
已经在一千首诗里用过。

(肮脏的母狗,疥癞的诗歌,
神经症的可笑变种,
某些人因为不懂生活
而付出的代价。
甜美,永恒,光芒四射的诗歌。)

或许现在不是时候。
我们的时代
任凭我们自言自语。

诗人之恋 *

诗歌只有一种现实：痛苦。
波德莱尔见证过。奥维德也会
赞同类似说法。
另一方面这却保证了
这门艺术从危机中幸存
尽管读的人少，似乎
厌恶的人很多，
诗歌俨然是良知上的疾病，过往
时代的残余，
而科学正宣称
享有对魔法的全面垄断。

---

* 原文为德文"DICHTERLIEBE"，德国音乐家舒曼的声乐套曲。

往日时光 *

好像一首歌越来越少听到越来越少回响在各种场所；
好像一辆刚过气的型号就只能在
那些汽车墓地里找到，
我们最好的日子也已经过时。
现在只是
市集上的羞辱，地下室里尘土的闲话。

---

* 原文为英文"THOSE WERE THE DAYS"。

安格尔,《维纳斯的诞生》

> 激发快感的忧郁,
> 在你柔弱的腰肢
> "欢乐"旋绕她的笔迹
> "死亡"的毒钩雪亮,
> 蝇翼的氛围弥漫时
> "色欲"将警钟敲响。
>
> ——拉蒙·洛佩斯·贝拉尔德[*]

没必要永恒不朽,姑娘。
如今你的裸体闪亮登场
来自一个无尽的黎明。
光芒的发明,泡沫的翅膀,

---

[*] 拉蒙·洛佩斯·贝拉尔德(Ramón López Velarde, 1888—1921),墨西哥诗人。

你从最蓝的深处浮现。
永远簇新的沙粒而非
犹太基督宗教的尘埃,永恒
之爱的岛屿坐落于风暴中。
在无休止重制的画面里
你不朽的身体永远年轻。
大海在惊诧中开裂来观赏
又一次的奇迹。

大地

深沉的大地
是死人的总和。
合一的肉体
来自消亡的世世代代。

我们脚踏白骨,
干涸的血,残骸,
看不见的伤。

灰尘
弄脏了我们的脸
泄露出
一桩不知餍足的罪行。

罗马谈话(1967)

> 让我们为新生的世代恳祈
> 他们被无聊与失望所压抑;
> 与我们一起将在夜间沉沦。
>
> ——阿玛多·内尔沃,1898

在罗马那位诗人曾对我说:
——你不知道我有多难过。
看你为报纸写那些速朽的文字。

荆棘丛生在古代广场。风
为花粉敷上灰尘。

在大理石的烈阳下罗马
从赭色变为黄色,乌贼色,青铜色。

有什么东西在各处破碎。
我们的时代四分五裂。这是夏天
罗马不适合走路。

无数伟业尽都臣服。车辆
席卷人群与城市。
百人队和希腊步兵和罗马军团,
抛射物或抬尸架,破铜烂铁,
注定废弃的废墟。

致命的空气将雕像蛀蚀。
如今入侵的蛮族是废品:
塑料和瓶子和铝片。

消费循环:繁荣的程度
以海量的废料来衡量。
但还有野草,种子在大理石间。

天很热。我们继续走着。
我不想回答也无心自问
今天写下的东西能否留下
比一次性瓶子更深邃的印记

或者一个被丢进台伯河的

塑料袋。

也许我们的诗行不会比

一辆福特 69 更长久

——更别提一辆大众。

蝎子

蝎子吸引它的配偶
足肢交锁互相观察
冷冷的一天或一夜,
直至奇特的交配开始。

待到
婚礼仪式结束:
雄性
会被雌性吞食
后者正如传道者所说,
比死亡还苦。*

---

* 《圣经·旧约·传道书》第 7 章第 26 节:"我得知有等妇人,比死还苦。"

IV

你将一去不返

(1969—1972)

纪念何塞·卡洛斯·贝塞拉,
这是我们永远不会有的对话。

时光奔驰,飞逝

轻捷而不再返回。

———《堂吉诃德》第 2 部第 18 章

这个城市确实存在,而且有一个简单的秘密:

她只知道起航,却不知道返航。*

———伊塔洛·卡尔维诺《看不见的城市》

---

* 此处据张密的中译。

蛞蝓生理学

蛞蝓,
　　　　娇嫩的动物,
在漠然的
　　　　花园里消遣。
有着苔藓的潮湿,
　　　　　　　富含水分
如未完成的生命。
　　　　　差不多
就是一只
　　　　脆弱的蜗牛雏形,
好像在预告
　　　　某种尚不存在之物。

在它迟缓的涎水乐园
　　　　　　　宣告:
在这世界上行走
　　　　　意味着

一路留下

   自身的片断。

蜗蝓在自我消磨中螺旋

       打转。

背负着

   它的偏执,

生存的

   碾压性状态。

没人喜欢这乏味的灾祸

紧贴地面或在墙壁上

哀叹

   一种不情愿的生活。

可怜的小家伙

     如此迷信:

总害怕

  (不无道理)

会有人来

   把盐撒在它身上。*

---

* 西方迷信，认为盐洒出来是不吉利的。另，把盐洒在蛞蝓身上会令其脱水而死。

尼亚加拉瀑布

想要消灭时辰
就让其彼此冲击淹没
然后跌落粉碎。

水能感觉到时辰的脚步。
时辰能感觉到水的重负。

从死亡中诞生出其他波浪,
时间的汹涌潮水,瀑布。

反柯达

照片是可怕的东西。
想想在这些四四方方的物体里
藏着一个 1959 年的瞬间。
脸孔还是当年的脸孔,
模样还是往昔的模样。
因为谁打破自然规律让她停步,
时间就会报复谁:
照片会破裂,泛黄。
那不是往昔的音乐,
是内心的废墟
崩塌时发出的响动。
那不是诗韵而是吱呀作响
我们无可救药的不和谐音。

诗人传

诗歌里没有圆满结局。
诗人最终
活在疯狂中。
他们被肢解就像牛羊
（比如达里奥）。
或者被石头砸最后
跳入大海或者嘴里
含着氰化物。
或者死于酒精，毒品，贫困。
或者更糟：成为官方诗人，
苦着脸占据一具石雕棺材
名为《作品全集》。

宣言

我们都是"过渡期诗人":
诗歌从未静止不动。

反朗诵

在公共场合朗读我自己的诗
就等于夺去了诗歌唯一的意义:
让我的言语成为你的声音,
哪怕只在一瞬间里。

讲座

我做到了讨好听众。我为他们
刷新陈腔滥调,
供给与时俱进的观念。
我让他们笑上一两次
在听众开始厌烦时果断结束。
作为回报他们给我鼓掌。
我要到哪里
去躲藏和补救我的羞愧?

诗歌的悲哀

我在想能拿你怎么办
如今过去了许多年,
帝国纷纷倒台,
潮水席卷了花园,
照片都已模糊
在一切爱的圣地
矗立起商户和办公楼
(当然都带英文名字)。

我在想能拿你怎么办
就写了一首伪诗歌
你永远不会去读
——或者你读了,
并没产生什么怀旧的刺痛,
只有一丝批判的笑意。

夜鸟[*]

(巴列霍与塞尔努达相遇于利马)

> 从秘鲁水域出发后凤尾鱼
> 给渔业带来了危机,
> 在沿岸城市引发饥饿
> 海鸟大军的入侵。
>
> ——《至上报》,1972

整个晚上我听见生翅的流言
倾倒,就像在一首西斯内罗斯的诗[†]里,
信天翁,鸬鹚和鹈鹕
在利马城中心死于饥饿,

---

[*] 原文为英文"BIRDS IN THE NIGHT",西班牙诗人路易斯·塞尔努达(Luis Cernuda,1902—1963)有同名诗作。
[†] 指秘鲁诗人安东尼奥·西斯内罗斯(Antonio Cisneros,1942—2012)的诗作《六二年饥饿的海鸟来到利马城中心》。

遭受波德莱尔式的凌辱。*

在这里悲惨的街巷间
（与墨西哥如此相像）
塞萨尔·巴列霍曾行走，通奸，呓语
并写下几行诗。

如今他的确受人模仿，被人尊崇，
成了"新大陆的骄傲"。

但活着的时候被人践踏，唾弃，
死于饥饿和忧伤。

塞尔努达说没有哪个国家
能忍受本国活着的诗人。

但这样也好：
倘若成为国民诗人
走到街上人人鞠躬——
那种命运岂不是更糟？

----

* 指法国诗人波德莱尔的名作《信天翁》。

拉蒙·洛佩斯·贝拉尔德走过查普尔特佩克 *

(1920年11月2日)

秋天是唯一的神明。
重生中
预备死亡,
落日
将枯叶映成金黄。

就像年复一年的叶子
人的世代也是如此。†

如今我们走了
但并不要紧
因为其他的叶子
会在同样的枝头绽绿。

---

* 指墨西哥城的一处名胜,查普尔特佩克公园。
† 出自《荷马史诗》第6卷。

与这恒久生命的
凯旋相较
我们卑微的死
不值一提。

我们曾在此,
接替上一轮的死者,
然后我们会延续
在后来者的
肉体与鲜血里。

V

漂流岛

(1973—1975)

献给亚历杭德拉·莫雷诺·托斯卡诺

与恩里克·弗洛雷斯卡诺

音节的岛屿在漂流……

——路易斯·卡多萨·阿拉贡[*]

---

[*] 路易斯·卡多萨·阿拉贡(Luis Cardoza y Aragón,1904—1992),危地马拉作家和诗人。

水与土:风景种种

1

难以察觉在哪一刻诞生了黑夜。
没有人追问如何诞生了黑夜,
从怎样的秘密原料中冉冉升腾的黑夜。

2

大海,请把引向你
深渊的黑暗还给夜晚。

3

下雨时世界只关心雨。
水专注于自身。
整个地球渐渐沉陷在雨里。

被雨林吞掉的玛雅城市

玛雅人恢宏的城市只剩下
门拱,倾颓的残骸,屈服于
荆棘的暴政。

在高处他们的诸神窒息于天空。

废墟有着
土地的颜色。
仿佛洞穴
深陷在已不存在的山脉中。

这里过往的无数生灵,无数
崩塌的殿堂,恒久的只有
过客般的花朵不曾改变。

弗朗西斯科·德特拉萨斯[*]

（墨西哥城，约 1525—1600）

他最初的痛苦源自特殊。

在这世上不是欧洲人也不是印第安人那算什么？

（少数人的战利品，战败者的

活地狱，废墟与应许，

欧罗巴的花园与亚美利加的荒原。）

曾自信作为征服的遗产

这土地属于他。

不是阿兹特克或西班牙：是克里奥尔人，

一个新种族的第一位诗人。

他在语言中找到了自我

这语言伴随利剑交叉的十字架来临。

当他们焚烧部落的书卷

---

[*] 弗朗西斯科·德特拉萨斯（Francisco de Terrazas，1525?—1600），被称为第一位在墨西哥出生的西班牙语诗人。塞万提斯曾赞美他的诗艺。

历史的舞台陷入沉默。特拉萨斯
开创了另一种诗歌并写下
第一首十四行诗的第一行：
且留下那卷曲的金线……

夜与雪

我探身向窗外,看见的不是花园,是缀满雪的夜。

雪让沉默触手可及。
是光的陨落和熄灭。

雪什么也不说:
只提了个问题,让千百万问号落入世间。

火

木头化作火星与火苗,
然后是沉默和迷失的烟,
你看见自己的生命消失于沉默的轰鸣。

你自问有没有产生热度,
是否曾见识某些火的样式,
是否曾燃烧并带来光明。

不然的话一切都是徒劳。
烟雾与灰烬不会被原谅,
因为没能战胜黑暗,
徒然燃烧在荒废的庄园
或者唯有死人居住的洞穴。

玩具

(向胡安·德迪奥斯·培萨*致歉)

当童年结束
玩具就变得忧伤。
一种喑哑的忧郁出现
在它们令人心碎的玻璃眼珠里。

它们感觉到死亡。
知道在阁楼里等待自己的
是属于尸体的无尽流亡。
玩具死去的时候
孩童的日子也永远消失。

熊,兔子,松鼠的古老森林
化为灰烬。
无论现在还是将来
再也回不到昔日的怀抱。

---

* 胡安·德迪奥斯·培萨(Juan de Dios Peza,1852—1910),墨西哥作家,著有《步枪与玩具娃娃》等。

死人

谁颁下这恶法将我们
残忍地幽禁
在败坏与遗忘的密封中
当年月模糊了
大理石微不足道的永恒。
黑夜沿着攀缘植物下行
下方此处我们转告给死亡
沙粒被扬起时对波浪的
悄声言语。

邪恶的声响如同斧劈
在看不见的森林:
消解的是
不再回归的肉身。

将我们遗弃在自身残骸中何其残忍。
不如归于火
或山上的乌鸦。

没有任何东西能补偿

深陷下方此处的侮辱，

我们在此腐烂，

棺木不许我们

归于尘土。

不可追忆

神秘的日子
终结了不曾返还的事物。

从没有人能重建
过去,即使在这
平常日子中最平静的一日。

分钟,无法重复的谜。

或许只留下
一个影子,一个墙上的斑点,
灰烬在空气中的模糊残迹。

若非如此那会是怎样的惩罚
我们永远被绑定于记忆。

来来去去围绕着空虚的瞬间打转。

舍弃今天吧

好继续无知继续活下去。

鱼的眼睛

在海边有沙的弧线
和一排死鱼。

就像战后沙场散落的盾牌。
没有窒息的痕迹
外表也没有腐烂。

被大海打磨的珠宝,棺椁,
封存着自己的死亡。

那些鱼
有一处诡异的特质:
都没有眼睛。

双重的空洞在它们头上。
仿佛在说它们的身体
也可以属于大地。

但眼睛属于大海。

用它们望向大海。

当鱼死在沙滩上

眼睛蒸发,到退潮时

大海收回了自己的东西。

美人鱼

在礼拜日的广场上,集市
与货棚与水族箱及其悲伤的
塑料海藻,乱真的珊瑚。
抬头向天,受羞辱的美人鱼,
或许是讲故事人的姐妹。

但故事讲错了:说什么
美人鱼是怪物
或者这样子是受了神明诅咒。

事情应该正相反:她们是自由的,
是诗歌的工具。
唯一不好的是她们并不存在。
真正不幸的是她们不可能存在。

VI

从那以后

(1975—1978)

献给埃弗拉因·韦尔塔

大卫·韦尔塔

特尔玛·纳瓦

我不高兴,也不悲伤。

这是诗句的宿命。

我写下它们,就必须向所有人展示,

因为我不能不这样做,

正如花朵不能藏起颜色,

河流不能藏起奔流,

树木也不能藏起结实……

谁会去阅读他们?

他们会抵达谁的手里?……

我认命,我几乎感到快乐,

我几乎感到快乐,仿佛已经厌倦了悲伤。

——费尔南多·佩索阿

《阿尔伯特·卡埃罗》*

---

* 原文为帕斯的西班牙文译文,此处据闵雪飞的中译。

总而言之

过去的事物去了哪里
那么多人又怎样了？

随着时间的流逝
我们把一切变得越来越陌生。

关于爱情什么也没留下
哪怕是树林里的一个记号。

朋友总会离开。
他们是站台上的过客。

尽管一个人是为了他人而存在
（没有他们就等于不存在），

但能指望的只有孤独
对她倾诉一切也落个明白。

洗衣店

很快我将不知道自己是谁
在我背负的所有死人之中。

我们一直在变
变化活着的方式
就像换衬衣。

但这种不知满足的坏处
在于没什么能为我们洗掉昨天
就像洗净又一件脏衣服。

我们拖着一大包昨日之我
压在身上把我们压垮
然而却没在黑暗里留下痕迹
也不再浮现在任何镜子里。

致敬

借着这场雨　自然界
渗入
混凝土的荒原。

你听
那轻快的音乐，
风与水的对位法。

唯一幸存的永恒，

这雨声不撒谎。

夜曲

夜晚躺在花园中。

黑暗在沉寂中喘息。

从水中落下一滴时间。

又一天埋葬在我身体里。

幽灵

我从未见过鬼魂。但有一个她
经年累月出没于
我记忆的破败剧院里。

特拉西瓦尼亚或英国的荒原
都没有光天化日之下
我和她共处的地方可怕。

没有任何驱魔术能对付这幽灵。

某一天之后她不再显现。

老友重聚

我们已经完全变成
二十岁时我们与之抗争的东西。

猪在神面前

我七岁。在农场我看见
窗外一个男人画十字
然后开始杀猪。
我不想看那场景。
我听见,有预感的惨叫,
简直像人一样。
(像人一样,动物学家说,
猪有智慧的内在,
甚至超过狗和马。)
神的小创造,按我祖母的话说。
猪兄弟,圣方济各会这么称呼。
但现在是刀口和淌血
而我是小孩但我已经在思考:
神创造了猪就为了被吃掉吗?
他会回应谁:猪的祈祷
还是画着十字下刀子的人?
如果神存在

为何猪会受苦?
肉在油里翻滚。
用不了多久
我会大吃一顿,就像猪。

但我不会在饭桌前画十字。

阿古斯丁·拉腊的第一首歌 *

(《不可能》,1929)

夜晚滋生音乐。它的磁石吸引
记忆犹新的歌曲,走了音的
钢琴,几成尘埃的吉他,被岁月
吞噬的小提琴,以及沙槌
听起来像骨头相撞。我们
这些老人到此魔法循环中相聚。
让我们窒息的
当下,活在此时此地的苦闷
都将被我们甩开。
柔和的音乐如昨日重来。
曾经属于
我们的生活降临
抵挡敞开的坟墓。
女孩今天的你就如同我外婆当年,
在今夜
你还只有二十岁。

---

* 阿古斯丁·拉腊(Agustín Lara,1897—1970),墨西哥作曲家。

怎样才能停住

一滴俗气的眼泪或表示感谢

因为我曾拥有

你二九年的脸庞。

如今,突然间,濒临我的坟墓,你归回

在太忧伤的歌声里。有那么一刻

我们又变回俊美的一对。

幼儿园，4

记忆的墨水。盲目的延伸
源于无法言说无法记忆者。
那里一无所有。只有无光之热。
或许有焦虑
来自这大地上的最后一晚。
阴影
可有终结之时？
空气是否
会重新闪亮？
哀哭，哀哭
在那新生儿身上苏醒了
人类的恐惧。
独自一身，
不设防地面对世界，巨大的非我
及其展现的威胁
降临，环绕
在无言诞生者的周遭。

你饿了，你感到冷，
尿布让你不舒服，
所以你存在，你发现自己活着，你意识到
需要其他人
你不是
任何世界的中心，
不过是永动装置中
一个小齿轮，
一颗种子
落在无厌摇摆的永恒摇篮。

幼儿园，20
（尾声）

或许我们是被大海驱逐的卵石
落在不由选择的海滩，在马尾藻之间
在致命的石油凝块之间。这里是
被称为荒野的干旱。必须
穿越它从日出到日落。我们将抵达
另一片海让死亡把我们覆盖。与此同时
道路即终点，没有人独自赶路
水要分享否则只能等死。每一刻
都会过去。且向前。

VII

海的工作

(1979—1983)

纪念阿莱德·福帕

劳尔·古斯塔沃·阿吉雷

与米盖尔·瓜尔迪亚

到此结束了海的工作,

爱的工作。

某一天

那些将生活在我们生命完结地方的人们——

假如血液碰巧在他们的记忆中变成黑色

泛滥成河——

千万不要把我们忘记,

常春花中微弱的灵魂

一定要将殉难者的头颅

调向阴间通往阳世的过道:

一无所有的我们将教会他们懂得宁静。

——乔治·塞菲里斯

《长篇小说(神话与历史)》XXIV[*]

---

[*] 此处据刘瑞洪的中译文,个别词有调整。

章鱼

幽暗的神明在深处,
海蕨,海葵,凤眼蓝
在无人得见的礁石间,
在深渊那里,
每当黎明时,为躲避阳光,
黑夜下到大海深处被章鱼
用触手的吸盘吸吮阴暗的墨。

怎样的夜之美当他
华丽游弋在母水最暗沉的咸,
对他而言却是晶莹与甜美。
但在充斥着塑料袋的海滩上
这粘黏的眩晕,肉身的珍丽
却仿佛一只怪物。他们屠杀
/用棍棒/不设防的搁浅者。

有人射出一根鱼叉,章鱼呼出死亡

伤口即第二次的窒息。
他的唇间没有流血：是黑夜涌出
黯淡了大海模糊了土地
极其缓慢，章鱼就此死去。

约拿报告

我试图逃避神的命令
不去尼尼微传道。
我上了去他施的船。
风暴降临。
我被抛入大海
来平息风浪。

诸水环绕我,几乎淹没我。
海草缠绕我的头。*
地的门将我永远关住。
那大鱼最终将我吞入。

在那可畏的鲸鱼腹中我发现
消化程序,纯粹暴力,大量的鱼,

---

* 《圣经·旧约·约拿书》。先知约拿逃避神启,不肯去尼尼微传道,乘船去他施途中遭大风暴,同船人按他自己的请求将他抛在海中,风暴遂息。约拿被大鱼吞了,在鱼腹中三日夜。

一种现代国家理论，一幅
人类无助的图景，一次回归
向着出生前的乐园，被血液
流动冲涤。

在我栖息的孤独中有充裕的时间
来思考希望的问题：能否有一天
我们的生命，不再像霍布斯所说，
只是*污秽，野蛮又短暂的*？

新奥尔良码头

这是包容一切的河,他是众水之父
也将众水埋葬。
在他的轮中不停旋转
原初的泥土与必将终结世界的
致命废料。
但或许不会终结,因为密西西比河
一直都在,将来必然也在。

看着他周流以庄严的沉着
专注自身又极其忧伤
仿佛
是他生出行星到如今仍是浆流
从中奔涌着生命的无穷形态。
当他在沉默中经过时能听见
好像为水的流亡发出哀叹。

一条河从不知安眠为何物。

密西西比河不仅用自己的流动

勾画出我们的时光流逝。

密西西比河在侵蚀

陆地。有一天

终将消灭水之外的一切

将他沙粒的律法推行到诸海洋。

前夜 *

凭着剥削奴隶

和窃取公众财产,

商贸盛极一时。于是富人

变得更富,而穷人

也倍增自己的贫穷和不幸。城市

超出了古时的界限,丧失了原初的

特质,按照

帝国的准则重建。语言也

随着言说者而败坏。奢欲

如爬山虎四处蔓延。

迷醉与倦怠彼此竞争。

我们还能看到昔日的性爱画面

仿佛用奇特的方式预知

自身的脆弱。抢劫

---

* 这首诗有另一个标题"Strada dell'Abbondanza",即意大利文"富足大道",为庞贝古城的街道,被考古学家冠以此名。

与暗杀无处不在,恐惧的
疆域在扩张。内室有惧怕
路上有惊慌。愤怒与痛苦。
尤其是仇恨
在繁衍。因为善行走
而恶狂奔(且永不满足)。
这一切发生在庞贝,就在
维苏威火山爆发的前夜。

《背负十字架的基督》,博斯作 *

双眼
紧闭而肃穆,
满脸胡茬
更有
荆棘王冠,
基督背负着自己
牺牲的重量。
他却对哭泣的女人们说:
"不要为我哭,当为自己
和自己的儿女哭。" †

没有其他的血迹
只见脖子上一处磨破的伤口,
源自沉重的十字架

---

* 博斯有多幅同名画作,此处指收藏于比利时根特博物馆的那幅。
† 《圣经·新约·路加福音》第23章第28节。

被士兵卡在

这加利利人的肩头。

他们要去骷髅地

希伯来话叫各各他。

基督是画面的中心

但可能并非最重要的主旨。

因为或许博斯并无意

(他的意图谁能知晓？)

再画一幅基督受难图

而是想给我们呈现

恶的形象如何显露在人的面孔。

面孔的主题

是这幅极美的邪诡画作的核心。

维罗妮卡移开平常的布幅

汗与血在上面永远

印下了基督圣容。

然而整个画面

被众多可怕的脸吞噬。

巴拉巴一声叫号嘴张成 O 形。

愤怒的喷吐

从牙齿落光的怪物嘴中而出。

另一个邪恶的小丑怒火中烧

他的嘴唇勾勒出以下言语:

"你不是

犹太人的王吗,为什么

不能救自己?

若免不了自己的拷打和辱骂,

你还能救谁呢?"

出乎意料地打乱了时代

一个多明我会士的在场。

旁边是一位

严肃的达官贵人,

鸭子嘴,

正在谴责已死亡的强盗。*

(没人能像耶罗尼穆斯·冯·阿肯又名博斯

画出这铅灰色

在特定阶段

---

* 《圣经·新约·马太福音》第27章第38节:"当时,有两个强盗和他同钉十字架,一个在他右边,一个在他左边。"

尸体腐坏时所呈现。)

在画幅的边缘是那些呼喊的人:
"钉他十字架,钉他十字架。"*
(那不是

犹太地方的居民。

博斯笔下

是中世纪的"死亡之舞"

以及佛兰德更像魔鬼的群氓。)

暴力之乐

让那些人渴望更多的血。

恶棍快乐得发抖

面对当下和未来的牺牲。

---

* 《圣经·新约·马太福音》第27章第15至26节:"巡抚有一个常例,每逢这节期,随众人所要的,释放一个囚犯给他们。当时,有一个出名的囚犯叫巴拉巴。巡抚对众人说:'这两个人,你们要我释放哪一个给你们呢?'他们说:'巴拉巴。'彼拉多说:'这样,那称为基督的耶稣,我怎么办他呢?'他们都说:'把他钉十字架。'巡抚说:'为什么呢?他作了什么恶事呢?'他们便极力地喊着说:'把他钉十字架!'彼拉多见说也无济于事,反要生乱,就拿水在众人面前洗手,说:'流这义人的血,罪不在我,你们承当吧。'众人都回答说:'他的血归到我们和我们的子孙身上。'于是彼拉多释放巴拉巴给他们,把耶稣鞭打了,交给人钉十字架。"

还有两个惊诧的人。

我们永远无从得知

他们为什么而惊诧。

但我们却知道

尽管他不知道我们

博斯已经无情地把你我画进了这幅画里。

我们需要的只是在其中认出自己。

"Y"

在礼拜堂颓坏的墙壁上
到处是青苔但却比不上
刻字的繁密：用小刀刻在
石头上的首写字母仿佛丛林
伴随着时间被吞噬，混淆。

字迹模糊，笨拙，畸形。
有些是无耻的话，骂人的话。
但不变的是
那些神秘的首字母
都用"y"连接*：
挨近的手，
交缠的腿，联系
连接词，墙上的印记代表
实现的肉体连接，或未能实现。

---

* 西班牙文中的字母"y"可做联系连词，相当于英文中的"and"。

天知道。

因为表示在一起的"y"也象征
分岔的道路：E.G.
遇见了 F.D. 他们相爱了。
是否"从此过上了幸福的生活"？
当然没有，也不那么重要。

我得强调：他们相爱了
一星期，一年或半个世纪。
最终
被生活拆散或被死亡分开
（二者必居其一）。

一夜或是七个七年，没有哪一份爱情
能幸福收场（众所周知）。
但即使是分离
也不能凌驾于曾经的共同时光之上。

即使 M.A. 失去了 T.H.
P. 也没有了 N. 在身边，
爱存在过也燃烧过一瞬间并留下

它卑微的印记，在这里的苔藓中，
在这本石头书册里。

VIII

我向大地望去

(1984—1986)

我向大地望去,攥住她

在我的眼中,凝神,一握。

多么绝望,残忍而苦涩

在它那里发生的事!

———拉菲尔·阿尔贝蒂

《秋天,再一次》

墨西哥废墟（节选）

（第一部分）

1

荒谬者莫过于倾毁的物质，
被空虚洞穿，空洞。
不，物质不会消灭，
粉碎的只是我们赋予的形式。
是我们的作品化为碎片。

2

大地在火中持续旋转。
在火药库里沉睡。
它里面有一堆火，
一座坚实的地狱
突然间变成了深渊。

3

深处的石头搏动在渊垩中。
从石化中苏醒时打破了
与静止的协议,跃变为
死亡的撞槌。

4

打击从内里而来,
幽暗的铁蹄,
不可见之物的轰鸣,爆炸
来自我们以为静止
其实始终沸腾者。

5

地狱升起让大地下陷。
维苏威火山由内爆裂。
炸弹上升而非下落。
黑暗的井中闪电萌生。

6

从底部腾起死亡的风。
世界颤抖于死亡的轰鸣。
大地出自死亡的铰链。
如秘密如烟雾死亡行进。
从深处的牢笼死亡逃离。
于最深邃混乱处死亡浮现。

7

白昼变为黑夜,
灰尘即太阳,
喧声充斥所有。

8

就这样最坚固者突然崩裂,
钢筋混凝土风中飘摇,
沥青脱落,生命与城市
解体。星球得胜
粉碎了入侵者的谋算。

9

用来抵御黑夜与寒冷,
外界的暴力,
敌意,饥饿与干渴的家园,
已沦为断头台和坟墓。
幸存者成为囚徒
困在沙土或令人窒息的网格里。

10

只有到缺乏时我们才会珍惜空气,
当我们像鱼一般被困在
窒息的网里。没有漏洞
可逃脱回到氧气的海。
在那里我们自由行动我们一度自由。
憎恶与恐惧的双重重负把我们
移出生命的水。

只有到被禁锢时我们才明白
活着就是拥有空间。
曾几何时如此幸福

当我们能自由移动,
离开,进入,或站或坐。
如今一切崩塌。世界关上了
所有的门,入口和窗子。
如今我们明白了
一个可怕的表达:
何为活埋。

11

地震突发,在它面前
祈祷与哀求都是徒劳。
它诞生于内部为摧毁
所到之处我们的一切。
上升,在它残暴的工作中显形。
吞噬是它唯一的语言。
它想要在废墟间被崇拜。

12

宇宙即混沌但我们那时还不知道
或者我们还无法理解。

星球旋转时会落入
冻结之火的深渊吗?
大地破碎还是下沉?这下沉
无尽下沉是物质的宿命吗?

我们是自然和幻梦。因此
我们是永久下降者:
空中尘埃。

大写的"我"

（哀歌，7）

在英语里"我"，就是"I"，
字母永远用大写。
在西班牙语里也有，但却隐形。

"我"放在前
而其他动词人称
总是被忽略。

所以得有多傲慢去向世界宣告：
"我是诗人。"
不对："我"什么也不是。
我是那传唱部落故事的人
像我一样的有许许多多。

我们占据了市场上的位置
替代死去的杂耍艺人。
很快我们也会离开而其他人到来
把他们的"我"放前面。

阶梯剧场

(哀歌,12)

我们折磨许多动物打着科学的幌子:
为了认识我们自己,
从体内了解。

我们折磨男人和女人
为了赢得善的凯旋
或恶的失败(视情形而定)。

有人把手术刀磨得锋利
非要掏出我们渗血的神经,
可怕的消化管道。

已进入阶梯剧场的观众
请自行挑选视野良好的席位。

赞美

1

瞬间已被蓝色充满。

我们在阳光的君主专制下行进。

活在此处与活着
二者间达成了协议。

2

我们赞美水是它造就了这森林
又回响
在树木的无尽之间。

我们赞美光
允许让我们看见它。

我们赞美时间
给了我们这一分钟并留在
另一座森林,记忆里,待上很久。

   3

大地浸润着海的气息。
午后的光荣在泡沫中升腾。

   4

黑夜变为雨落在
大地的黑色中,
触手可及的熔炉
熔炼永在自我创造的原料。

黑暗播散
在湿润的光之水滴。

水点燃曙光。
这是她的赠礼:

生命中的另一天。

5

墨迹,
盐与燃烧的书页上
呈现的形式
令你内在的黑暗熠熠发光。

6

(IBM PC 俳句,1984)

光闪的字母
在屏幕上绘制
尚不存在的诗。

7

梦之床,爱之榻,阅读
与诗歌的内室,无锚之船,
属于去而不返的生活:

你多么顺从地沉默等待
最终成为死亡的舞台。

8

泛黄的照片褪成深棕色
用不了几年就会模糊
(就像上面的幽灵居民)。

生命获得了空气的稳固。
光停驻
在边框内外。

9

俾格米人的诗行,祖卢人的歌谣,
维乔尔人的哀痛,
爱斯基摩人的爱……

诗歌让我脱离自己
拥有另一种经验的经验。
诗歌让人性变得人性

向我们证明:
没有人低于其他人。

10

面包你被掰开散发出
土地的热气,当你还是
麦穗时地面的湿润,
请赐给我们
这快乐的简单奇迹,
伴随友谊的欢喜
再一次接受我们的感谢
救我们脱离了饥饿与仇恨。

巴洛克祭坛

(致敬罗萨里奥·卡斯特利亚诺斯)

面对瞬间爆发的繁复,想象力如此贫乏。
我无法描述双眼
难以征服之物。
这快感常常无法理解自己从何而来。
尽管如此,
我还是应当尝试,把不可限制之物
局限于我的局限。

这不流动的圣节让人想起雨林,
但却是被征服的雨林
出自编织者之手。
没有物种与物种间的战斗,
树叶不必为争夺
阳光空气而搏斗,
也没有缠杀树木的植物环绕巨干。
没有战争只有和谐,应和,回声与应答,
联盟或孳生。

繁盛即形式,谵妄即精确。

丰盈并非过剩。没有一物多余。

一切各司其职,而我无法探明只能直观。

此处乃荣光的形象,

经地狱的居民打造,

靠玉米饼与盐为生者的节日,

战败的神明向得胜诸神致敬。

但谁知道

他们是何种程度的胜利,

因为这祭坛

也是其他宁宙发生学的祭牲台。

在这里的主宰

是那不曾画下蓝图的工匠-艺术家

但最终成品遂了他的意愿。

这世界不是他的国。天上的国

倒置显现仿佛

真实生活

会有的样子。

并非对满怀希望的殉难者的奖赏,

以从未到来者之名

接受不公,

而是太阳崇拜仪式,

更新于每个晨曦

当光芒点燃彩窗

传讲巴洛克祭坛沉默中的言语:

大地是我们的乐园却被我们变为地狱。

要感谢她的恩赐。不要杀死她。

不要让那恶者抢掠你

无论以何种名义:

贪婪,残忍,压迫,傲慢,蔑视,罪行。

地狱无处不在令你窒息。

天国突袭的蓝图

你可以大略看清

就在这巴洛克祭坛上。

IX

记忆之城

(1986—1989)

纪念法亚德·哈米斯

与恩里克·林恩

我们所有人都生活在彻底的无知中,
在记忆之城。被抹去的城。

——恩里克·林恩
《巴黎,不规则的处境》

塞萨尔·巴列霍

这湿度对我的骨头不好
穿透身体好像苦行衣。

在这里屈服于海之疾
他生于内陆,高原城市,
干燥或死寂。
墨西哥在荒原
曾经是森林和湖泊
今日只有恐惧,以及谁知道什么东西

从窗户
吹进利马的风
湿度
就像一种哀哭。

在这个周四
四月十五日,

巴列霍死后

半个世纪

——有人说啊说。

雨滴

一滴雨在爬山虎上颤抖。
整个夜晚在阴郁的潮湿中。

蓦然间月光照彻。

伴侣

昆虫在水上交配
那种灵活即使尼金斯基*也会嫉妒。
演练了数百万年的动作设计。

它们联合而不沉没,借取水流
与深渊的力量,成就了
完美的伴侣,完全的爱情。
超额完成了被期待的任务。

我们试图模仿却总不像样。

---

* 尼金斯基(Nijinsky,1889—1950),俄罗斯芭蕾舞演员,被誉为20世纪最伟大的舞蹈家之一。

太阳雨

赤裸的女孩晒太阳,
她的火焰归回。
日当正午,在枝叶的耳语下,
苦涩的大地都化作光芒。

柳树

柳树弯腰而不折断,取了
风逃走时强加于它的形式。

再会的音乐,漂浮的时间
以生与死的速度。

在傍晚的深处回响起
去而不返的落叶。

树木的歌是苦涩的歌;喑哑,
在秋天向着暮色沉浸时。

贝克尔与里尔克相遇于塞维利亚[*]

深暗的燕子,你已归来
——却不是回到他的阳台。

对于我们,一切中最短暂者,
每个一次。
仅仅一次。从未更多。
我们也永不再有。

无论我们做什么,始终保持
离去者的姿态。

我们就这样生活:永远在告别。

---

[*] 原注:古斯塔沃·阿道尔夫·贝克尔,《歌韵集之五十三》(即《麻雀之书》第三十八首)。莱纳·玛利亚·里尔克,《杜伊诺哀歌》第八歌和第九歌。——此处译文参考了绿原、陈宁、林克《杜伊诺哀歌》多种中译,特此致谢。

X

月亮的沉默

(1985—1996)

纪念

卡门·贝尼·阿布雷乌

我的母亲

有人对你说:我感到恐惧,
你不要怀疑。
有人对你说:不要怀疑,
你该感到恐惧。

——艾利希·傅立特[*]

诗人给我们留下的
总会受玷染,被时间,
罪恶,流亡。
他们之间最真诚,
最隐匿,严肃,深情者,
并不强加给我们什么:
无论真理或慰藉或轻蔑。
现在,已经不在;当毕加索,

---

[*] 艾利希·傅立特(Erich Fried,1921—1988),奥地利诗人。

做好一个雪人,他就明白
艺术的不朽
在时间,罪恶,流亡中,
而太阳有义务解救
眼泪,源泉,河流与海洋:
全是徒劳。

——弗拉基米尔·霍朗[*]

---

[*] 弗拉基米尔·霍朗(Vladimir Holan,1905—1980),捷克诗人。

泰坦尼克号

我们的船已经搁浅太多次
没人再害怕触底。
对灾难这个词无动于衷。
我们嘲笑每个预感不幸的人。
幽灵航行者,我们且继续
直到退行的鬼魂港口。
起点已消失。
我们早知道没有任何归路。
若我们下锚在虚无中
我们将被马尾藻吞噬。
唯一的结局是继续航行
风平浪静中驶向下一次海难。

收债人

他来收不知什么钱。
我让他进了房间。
我给他看了证件。
整齐有序。
但他坚持,威胁并抗议。
只有我死了他才会离开这里。

与此同时他仍然怒气冲冲
把全球的灾难都怪到我身上,
污染,失业,贫困,真正
社会主义的失败,野蛮资本主义,
外债,温室效应,毒品,
暴力,雾霾,新种族主义,癌症,艾滋,
乱交或人口爆炸
或任何其他东西。他渴望的是
要我为他活着的痛苦买单。

雷

并非世界的终结,
的确是人世的终结,
雷声在阴影中格外深邃。

如今我们无遮无蔽。
我们是空虚的主人。

致敬恩里克·兰巴尔父子西班牙剧团

现实即虚构。我们撒谎都是
为了活下去,为了避免战争,
争取大赦赦免我们
不能从轻、无可挽回的罪行:活着。

我们扮演角色,我们创作一瞬间的小说,
实用的戏剧,闹剧,喜剧。
我们是丑角让人投币,
当传声筒或原谅生活。

因此另一种虚构是必要的:
为了发现我们不想说出的真实
因为真实总是自己说话。

现实不是学校,不是责任,恐惧,
六点准时起床,争取拿到门票。
通过心机与顺从,进入成人的世界;

延续自觉的不真实,"成为人生赢家",
领其他人一同上路,积攒起足够的钱财
好修建一座让别人嫉妒至死的坟墓。
但在十一岁时还远远谈不到这些。

十一岁的一个与众不同的晚上
现实是破布与纸板的大海
爱德蒙·邓蒂斯在其间航行直到变成基督山伯爵;
米歇尔·施托戈夫被灼伤双眼的那一刻,
这位沙皇的信使看见人群中的母亲不禁热泪盈眶
他的泪水抵消了钢刀的炽热。*

现实尤其是一种至高的艺术
在署名"圣约翰"的希腊文福音书作者笔下。
我读了千百次那些文字。
我能背出其中的情节。
但当被搬上舞台
我突然有了希望这一次
救世主不会死在各各他。
虚幻的鲜血成为真实。

---

* 指法国作家儒勒·凡尔纳的长篇小说《沙皇的信使》中的情节。

荆棘的王冠扎入我的额头。

一根长矛钉在我的肋旁。

我感觉到双手双脚上的钉子。

在那天晚上的真实就是基督死了

三天后复活。

大幕落下时的情形已不重要：

年轻的兰巴尔

也从死人中起身谢幕，

一同牵着圣母马利亚

以及必要的叛徒犹大的手。

说什么"戏剧的魔法"太苍白

孩子的眼中所见

是心甘情愿的幻梦，表演，信以为真

西班牙兰巴尔父子剧团出品，

在阿尔贝劳剧院（还是伊利斯剧院？）

无论是伦敦的老维克，莫斯科的大彼得罗夫，法兰
　　西剧院，

还是电影里或任何地方

日后再没能找回孩童时的体验。

同样无论在什么地方

他都从未失去敬意,对剧院,戏剧,喜剧
舞台,
男女演员
活生生的在场
聚光灯下,布匹,塑料,木头,
纸板之间,
那光彩胜过暗淡生活中的所有荣光。

惊险剧,情节剧,舞台小说,
任凭诸位怎么称呼,
因自知为谎言倒比真实更真实,
无惧中伤,翻悔,批评。

西班牙兰巴尔父子剧团早已烟消云散。
或许剩下的只有昨日孩童的敬仰,
以及如今无关紧要也不可磨灭的记忆。
因为戏剧只会被发现一回
在你十一岁时。

解构修女胡安娜·伊内斯·德拉克鲁斯

一学期都在解构修女胡安娜
奇妙莫测的十四行诗。

省略了历史(总是令人悲伤)
以及种种生平推测。文本
孤立于世界,只与
自身有关,回声和镜像。

满怀激情加以解构
一切重新变回白纸:
丽西斯和他,两个语言游戏,
漂浮的符号
没有真实,没有记忆或欲望。

而十四行诗进行报复
最终解构了研究班。

无情抛弃他的,他恋恋追求。
恋恋追随他的,他无情抛弃。

于是到了应有的结局。*

---

* 原注:一首十四行诗如此开篇:"那无情抛弃我的,我恋恋追求他;/对那恋恋追随我的,我无情抛弃他。"另一首如此结尾:"爱情没有欺骗你,阿尔西诺我的爱,/只是到了应有的结局。"

"拉格泰姆"

我独自一人在阳台面朝大海,
在那下面,很深处,远离
落日以及在其永恒中隐约可见的
月亮,她从来不会一个样。
有风吹过或许来自亚洲
在冒犯与伤害的热度中。

从客厅响起同样永恒的拉格泰姆。

拉格泰姆,黑夜即将降临。
却是依然稍显红与金的黑夜。
在逆光中,在岸边
防波堤敞开朝向太平洋,
一对情侣在接吻。
世界上的第一对和最后一对。
所有的爱
在一去不返的一瞬间。

我不肯诋毁

那只属于他们的事物。

我回到屋里。

在那一瞬间

黑夜的浪潮来到。

我进入拉格泰姆。

突然感觉又看见了你

在另一时间,在另一片海,在我身边。

无人之地

通过对语言的一知半解,
因为完全掌握是不可能的,
词语证实了它们是由
世界的本质及诗歌组成。

比如,我在想 dirt 这个词:
"泥土,烂泥,土地,
灰尘,地面,污垢,
肮脏,下流,
下贱,卑鄙。"

土地的肮脏,坟墓与子宫。
神圣垃圾
被植物与骨殖糅合。
在腐坏中死亡赋予我们生命。

很奇怪被称为"地球"这流浪的行星

（我们永远在黑暗中奔波的场所）
从中产生一切
一切又归回其中的原料。

荒原，应许之地，
无人之地。

分离

分离,奇怪的动词带着两个伤人的尖端,
两根长矛磨快了分隔,拆散
结局的绝望任务。

分离:将一个整体拆成相同或不同的部分。
出发,离开,告别,重新开始,
又一次就像海难者,
就像切成段的蚯蚓。

一滴

一滴是简洁的典范:
整个宇宙
都浓缩于一滴。

一滴代表了洪水与干旱。
它是广阔的亚马孙河与恢弘的大洋。

一滴曾在世界的初始。
它是镜子,是深渊,
是生命之家与死亡之流。

简而言之,一滴中有生命
相互斗争,相互杀戮,相互交合。
谁也不能摆脱它,
只能徒劳地呼叫。

一切都在追问:

为了什么,
要到何时,
我们做错了什么
要被囚禁在自己的一滴里?

但没人听见。
阴影与沉默环绕着一滴,
有微光照进宇宙之夜
这夜里没有回答。

瓦伦西亚

在词语的夜里这泉水说着
一种我听不懂的语言。

但有她的音乐就够了。

碎片

圣劳伦斯河（蒙特利尔）

冰的巨流：
停滞了河水
却停不住时间：继续流淌。

肖像

没什么能凝固瞬间：
在肖像中
死人死得更彻底。

墨西哥公园

太阳的光亮
漂浮在池塘上：
宇宙就是水。

闪电

在闪电的光中
浮现
不设防的大地。

龙族

打败怪兽的人
接替了它的位置
成为怪兽。

银泉

在秋天的林子里
赤裸的树枝
期待落雪。

希望

未来我从未见过：
当我试图赶上的时候

已经变成过去。

后现代

通往虚无的超级高速公路。
在路边
是汽车墓地。

海滩

大海对着
流沙发作
从此不再见面。

伯温之家

在沉默中开始落雪。
光在燃烧。
世界变回乐园。

文明

头脑说：我想要；
身体说：给我。
（良知移开了目光。）

正面

每一枚硬币都有正有反：何为正
取决于两面的图案
相对所处的状态，
二者永远连接在一处，联结于
赋予它们存在的材料；同一个
物体的两面，不可分开的羁绊，
如此亲密无间，
如果一方不存在，
硬币也就失去了存在的理由：
——二者缺一不可，分割
就意味着毁灭。
硬币成为硬币正因为有正面和反面；
虽然如此，或正因为如此，两个图案，
注定共存的图案只要金属的身体不毁坏，
就永远不能相见或会合。

括号之间

我遵照朋友的意愿执行。
我把灰烬撒在曾经
是他记忆中的树林。
如今树木
成了省略号,杂乱
房屋间的装饰。
他们在此售卖幻景
像他们一样最终,
战胜创伤,
不再是墨西哥。
但一个人就是自己成不了别人。

盛着灰烬的瓮给出规格
我们来填充一处括号(1927—1990)。
没有之前或之后:
只有这些铁扶手,
敞开的咽门(—)。

好像我们的摇篮的轮廓,
摇摆,晃动,
无休止的人类来了又去
从未停止诞生和死亡。

我走了。天黑下来。已经很晚。
已经没有希望
能让他的死赋予他童年时的树木
以生机,如今不可想象的童年(1929—1940)。
或者我们一无所知的青年(1948—1960)。
因为树林中尚未被砍伐的地段
很快将变成砖块,混凝土,沥青,

填充在其他括号之间。

黄昏

格林贝尔特公园

树林,光的片段:
落日
变回秋天里又一片落叶。

下加利福尼亚

在盐的边界太阳
把流浪的群山
变成火的海洋。

莱尔马

海进入
黑暗:
波浪即夜幕。

舷窗

云朵的南极洲
在黄昏时
火的蜃景。

布鲁克林

傍晚时深沉的
桥与自己的
影子在水中押韵。

黑匣

为出生我们紧闭双眼。
为死亡我们张开
对死人应有的最后慈悲
是紧闭从中生成世界图景的门,
为他目光的织物——
线团,经线——缀上句号,
咔嚓一声钉死这黑匣子
他的一切所见随他而去。

月亮的沉默：主题与变奏

1

空气是现在时。
月亮从定义上就是过去时。
夜晚的微妙变位。
未来已经交织于
造就黎明的火中。
对我们不可见，我们的未来，
仿佛白昼杂草中另一轮太阳。

2

十一月，我不关注那些光秃的树干，
只留心长生花与多年生植物。
我不知道答案：它们的绿意
掺在荒野的灰暗之中，
是坚韧，是昏乱，还是挑战？

又或许是漠然
装作认不出这死亡之夜。
放弃行旅的同时也拒绝了复活
之乐
那是它们的同类必将享有的:
长生因为此前已然死亡,
多年生因为它们最懂得如何重生。

3

何等的日落在已离去的一天
仿佛死亡进程中的领先者。
那是伟大昨日的最后时刻。
关于明天我们一无所知。

4

说了这么多之后
我们沉默一分钟
听听这溶解黑夜的雨。

空中飞人

空中飞人是爱情戏剧的化身
命运永远悬在空气手中。

空中飞人不必共享伤痕：
属于地面还要归于地面；

生存被绑定于尘埃
源于重力法则与身体之重。

空中飞人总是双双出动
但从未留下哪怕一个。

沉入又飞翔在没有护绳的夜里。
他的身体成为直面死亡的生命。

空中飞人是离去的欲望。
触手可及时就逃脱。

高悬如赤裸的星星,

他在场的艺术名为空缺。

小丑

真理借小丑之口说话。
就像弗洛伊德写道,没有所谓的玩笑:
一切所说的都是认真的。

只有一种笑的方式:
凌辱他人。耳光,
蛋糕糊脸或暴打
让我们狂笑中观察
人性纽带的最终真相。

一切小丑都是漫画家
画在自己变形的身体上。
扭曲,夸张——这是他们的使命——
但肖像酷似原型。

无法忍受之事变为笑柄。
把我们解放

从存在的重负,
从生活这一不可能的习惯。

当大笑沉寂掌声终止,
我们摘下假鼻子,
橙色假发,洗去唇彩,
涂抹面孔的铅白。

这时出现了没有面具的我们:
一群痛苦的小丑。

牢笼

我们不妨让马戏团经理说完:
"在人世间的竞技场上我们是狮子和老虎。
我们诞生时爪子已磨尖。
人人犬牙锋利,
为战斗而生,善于受伤
精通蔑视和嘲弄。

少数人成功取得博士学位,
成为拷打专家或连环杀手。
但我们所有人都拿到了文凭
在冷漠中学,
在仇恨学院,
在偏执研讨班。

巨大的悖论在于公平由此而生:
每个人在恶行的分配中
都没落下自己的那一份。

手就是匕首，拳头是炮弹，

舌头是燃烧的火箭和毒箭

而捆打的手指是鞭子。

我们所有人都是国防部，

一个人组成的军队，

攻击同类的突击队

——当然同类从不会不加戒备。

复仇是世界的主旋律。

人犯我，我犯人，人再犯我。

我们永续这无尽循环。

如果有人胆敢打断

必将被血与火

打上可怕的标记：懦夫。

各个民族各种艺术会歌颂谁？

歌颂的是那抛下尸山血海的人

为了拯救人们不犯以下错误：与众不同。

生命前进全靠斗争。

历史是永无止境的

争斗总和。

野兽般的爪击与牙咬
都同样富于人性。
而真正的勇气应该是
理解不同的道理,
尊重无可改变的他者,
尽量在和谐中共处,
没有压迫,恐惧和不公。

然而到那时候,先生们,就不再有马戏团,
也没有了历史、戏剧或新闻。
也不会再落下这铡刀
它此刻就要切掉我的头。"

幽暗空气（节选）

12

梦：
牺牲品，无知于
无人知晓的知识。
做梦即放弃自我
住在自己里面
写一出无字的戏剧
用看不见的墨水。
他颂赞
想象
通过那睡着的人，
自身的
囚徒，
同时是剧本，
演员，舞台和钥匙。
他幽灵的幽灵，

永远不会知道梦见的

梦里说了些什么。

XI

流沙

(1992—1998)

纪念奥克塔维奥·帕斯
与何塞·阿古斯丁·戈伊蒂索洛

……流沙将变为黄色……

——费德里科·加西亚·洛尔迦

全被不知疲倦的沙粒细线
裹挟卷带着销匿了踪影痕迹。
光阴易逝,谁都无缘把握操持,
我理所当然地不会成为特例。*

——豪尔赫·路易斯·博尔赫斯

---

* 引自《沙漏》一诗,此处据林之木的中译。

海之花

舞蹈于海波之上,漂浮飞行,
柔韧,完美,全然合拍
于潮水的节奏,
不可测的音乐
诞生于深处
滞留在
海螺的圣所。

水母毫无隐藏,
只是舒展开
自己瞬生瞬死的幸福。
看上去平和,安稳
只寻求繁衍,
不求快乐或著名的爱情,
只为感受:"我已完成。
一切已过去。
我可以安静死在沙滩上

不肯原谅的波浪会将我抛掷到那里。"

水母,海之花。她被比作
凡见者皆被石化的美杜莎。
白色水母仿佛玛雅的自杀女神
以及在路上埋伏的外邦女人*
从《传道书》,到可怜的欲望。

海之花,恶之华,美杜莎。
当你还是孩子的时候就被告诫:
"只能远远看着。
不能摸。触手
会把你灼伤,
火的印记会烙印
在妄求禁物者身上。"
而我默默地回应:
"我想要抓住潮水,
抚摸不可能之物。"

---

* 《圣经·旧约·箴言》第23章第28节:"她埋伏好像强盗,她使人中多有奸诈的。"

然而不可以：水母

不属于天上地下任何人。

她们属于大海不是女人也不是邻舍。

她们是虚无之鱼，空中植物，

有毒泡沫的薄纱

（梅毒，艾滋）。

在维拉克鲁斯被称为恶水。

流沙

神秘的沙洲随风
变化形状。
我感觉仿佛云朵跌落在地上
变为流沙。
清晨它在那些无形状的沙丘上玩耍。
下午时归来
已经面目不同也不再跟我说话。

当北风吹起时常在家里引发灾难。
沙之雨就像时间的海。
时间的雨就像沙之海。
盐的晶体:整个无法把握的地球。
风从手指间滤过。
逃离的时刻,不归的生命。
游牧的沙洲。

最终种下

木麻黄为沙锚定。

现在他们说:"这棵树不好。

整个砍掉。"

他们砍掉了木麻黄。

他们抹平了沙洲。

于是在我记忆的海边

不知餍足的荒漠继续生长。

《喀尔巴阡古堡》

一个梦想实现在凡尔纳
《喀尔巴阡古堡》里,
我十一岁时读的小说,
那时候我还不知什么是老,
还以为老人
生来就是老人,来自其他星球,
或者是其他物种,
并没有敌意,
但与我们不同,而且遥远。

与我当时的天真无关,
曾拥有的全部可能(就像所有的孩子),
无限的白纸
在上面生活将用背叛的笔墨写出
糟糕的小说,荒唐的肥皂剧,
庸俗的闹剧。

在漫长的进程中我飞速陷入

老年。

(壮年路过并没搭理我。)

我还记得

那位死去的姑娘

现在她从未这样年轻

在老掉牙的录像带里。

记忆

不要把记忆告诉你的事
太当真。

或许没有过那个傍晚。
可能一切都是自欺欺人。
伟大的激情
只存在于你的愿望中。

谁能证明你不是在编故事
来拖延终局的到来
并试图暗示这一切
至少还有些许意义。

年纪

到了一个忧伤的年纪
此刻我们和父母一样老。
这时候在一个遗忘的抽屉里发现
外婆十四岁时的照片。

时间留在了哪里,我们又在哪里?
这女孩
在记忆里居住时是一位老妇人,
死于半个世纪前,
在照片里成了她孙子的孙女,
没活过的生活,完全的未来,
永远在他人那里更新的青春。
历史没有越过那个瞬间。
也没有什么战争或灾难
死亡这个词更无法想象。

之前或之后都没有什么活着。

存在中除了当下之外
再没有其他时态。
在此时我是老人
而外婆是小孩子。

飞逝颂

忧伤：一切都会过去……
但有这种永恒的变化何其幸运。
如果我们能
停止瞬间
一切将变得加倍可怕。

请想象一位1844年的浮士德，举个例子，
若能在某一刻成功冻结飞逝的时间？
在那一刻即使最自由的女性
也会变成自己十五个孩子的囚徒
（不算未足月死掉的那些），
无数个小时在灶台，缝纫，
十万只脏盘子，脏衣服
——及其他一切，没有电灯也没有自来水。
只有痛苦的身体，麻木而愚昧
气味非常糟糕，极少洗浴。

即使如此,我们这些完美的蠢人,

还胆敢抱怨自己的丧失:

"一切飞逝多令人忧伤。

我们为何要如云彩消散?"

二十世纪

在夜的沉默里听见
尘埃的谈论就像无休止的耳语。
而目光所及之处
都将烟消云散。

日子

日子积累起来就变成一个时代。
我们望着这些日子愤愤不平
说道：——够了。

伟人

作战作战不行

做爱做爱不行

搞出一个不行的国家

(把我们整成畸形)。

照片

那时候的照片一张也没有。
这样更好：想要看看你
我就得发明你的脸庞。

雾

雾从海上来。
是海的幽灵。
把一切包在虚幻里。
当我们呼吸时就向内延伸
仿佛看不见的汗巾。
雾消散的时候
我们也跟她一起融化。

他者

"死"字的第一笔用血
写在火的记号上,
不是为了最终审判日
而是为集体枪决,
种族清洗,灭绝营,
一次性彻底解决他者
问题的最终方案。

黎明

光芒在露珠上画出全世界。

从黑暗中萌发新的太阳。

这是苏生的时刻

屠场里也结束了他们的工作。

形象

照片在那里。停住一秒钟。
同一瞬间里变成过去。
时间的潮水从不止息。
每分钟衰老都在使我们
远离自己静止的昔日形象,在其中
如实观赏我们必将成为的死人。

不受欢迎者

警卫不让我过去。
我超过了年龄上限。
我来自一个已不存在的国家。
我的证件不合次序。
我少了一个盖章。
我还缺一个签名。
我不会说官方语言。
我没有银行账户。
我没通过录取测试。
他们撤销了我在大工厂里的职位。
他们开除了我永不录用。
我在这世界上毫无影响。
我在这里待了很久
我们的主人说是时候
让我闭嘴消失在垃圾堆里。

亡灵书

我尝试拨通
但已经无人应答。

铃声在空虚中格外空洞。
空无是唯一的回答。
数字通往永不。
另一个名字消抹在电话簿
或电子通讯录里。
历史就这般结束。

某一天已经标记在日历上
有人也会将把我的名字删除。

天堂军

在永恒之战中
光明之子与黑暗之子
对峙,
而我加入了黑暗阵营。

我费尽心力歌颂它的光明,
它的明澈与璨烂。
我付出多少努力推行
对黑暗的崇拜(我称之为走向辉煌),

我以血与火的铁腕
逼他们承认看到了太阳
就在夜晚最黑暗的时候。

少数派

在我绿色种族的家乡
我却半灰半红。
我被当作怪胎引人注目
没有任何地方肯将我接纳。

面对这一缺陷带来的折磨
可能的选择是当小丑或隐士。
然而,出于怠惰
——生来如此或环境所迫,
我宁可当个看不见的人。

镜子酒吧

这种灯光昏暗的酒吧已经过时。
从极致奢华变为无人问津。
酒吧和酒店都是如此
包括风光一时的老顾客。

三十年前在此欢聚的姑娘们多么美。
现在的姑娘们多漂亮又多么不可及。
然而马蒂尼还保留着
半个世纪前的完美。

或许全靠它才会有零星情侣
和几桌孤独者光顾。
真想请他们喝上最后一杯
为所有不再重现的过往。

丧葬仪式

他对死者说着永远不变的话:
"朋友,我的兄弟,你先走一步。
我们很快相见。
我发誓不会把你忘记。"

但棺材里的人在观察他。
明知他们只在很短的时间里是朋友。
很快他们就彼此憎恨,
像该隐和亚伯,像所有的兄弟一样。

明知他其实很高兴
在那具荣誉席位里的不是自己
在这分享短暂的仪式上。
明知他们永不会在另一个世界相见
(没有另一个世界。)

等葬礼一结束

立刻会把死者抛之脑后直到他自己
也成为一场短暂礼仪的对象
又有人说起永远不变的话。

XII

上世纪（结局）

（1999—2000）

献给达里奥·哈拉米略·阿古德洛

那是冰冷的战争时代。
因仇恨而静寂的时代。

——聂鲁达
《世界末日》

画花

敌人未宣战就入侵时
他在画他的花。

战争继续屡战屡败。
他仍旧画他的花。

然后是反抗占领者的白色恐怖。
他坚持不放弃他的花。

最终作恶者被打败。
他继续画他的花。

现在我们承认面对恐怖是何等的勇气
因为他从未停止画他的花。

世纪流转

后现代已经变成前古代。
一切一去不回。"你很二十世纪",
2004 年一个姑娘对我说。

我回答不不不:我更落后。
在艰苦的岁月爬升历程中
我已经四分五裂精疲力竭
但还没爬到十九世纪的台阶,
在那里有人等我,
上浆硬领,圆顶礼帽和怀表一样不少,

1904 年先生。

比尔·盖茨的挫败

在太阳的高热与无法忍受的光亮过后
是电子风暴,
不告而来的雨。
还有轰鸣的雷声,大气层的帝王,
让世界在导线中爆炸,
抹去光,
让我们陷入无法计算的黑暗里
使我们一瞬间变成
没有电子产品的旧世界里的暗影,
幽灵的学徒,风中的风。

为字母 Ñ 一辩

这只顶着指甲似的小波浪的动物
完全无法翻译。
一翻译就会失去它凶猛的声响
以及爪子的口才
在任何外语中。

公墓

我在雾中看见墓地一片沉寂。
我没去想什么身后世界:是这个
死后便解体的世界令我气愤。
让人恐惧的是想起那些被抛弃的遗体,
竟然比情意和感激更持久。

应该消灭公墓——不朽的遗忘让人无法忍受。
我们都应成为撒向空中的灰烬,
尽早归回尘土
在它的慈悲中予我们以宽恕和收留。

吃掉全世界 *

（另一首新奥尔良诗）

在河边的公园长椅那里
老年的我们满怀惊诧地观察
它们怎样在潮湿的性爱空气中从城市上空落下
一对对年轻的伴侣，簇新而贪婪的
一代为欢愉与交配之日而生
在它们振翅的刺耳音乐中开展
刹那之爱的嘉年华。

多么和谐圆满的金黄躯体，
震颤在美好高潮的一瞬间。
为所来而来。
它们到来的确是为了吃掉全世界。

随后会服从劳作的阴森奴役，
铁的秩序强迫它们竭尽

---

* 西班牙文为"comerse el mundo"，在口语中有"大获成功"之意。

全力直到死亡。

与此同时吃掉全世界
在这里并不是一句滥调:
飞行又舞蹈又交媾的主角
是白蚁。
一点点用上颚吞食新奥尔良的旧中心。
凶猛的口器仿佛不可阻挡的钻头。
这昆虫免疫于
所有已知的毒素。
为了开启二十一世纪
不可战胜的白蚁
无休止地在整齐划一的交配中永续。

我们曾以为自己是这星球的主人
在它们面前
我们甚至算不上坠落的神明:
不过是一撮尘埃
(它们用口器咀嚼产生的尘埃)
撒落在河边的公园长椅上。

反对哈罗德·布鲁姆

对哈罗德·布鲁姆博士我很遗憾地表示
我反对他所谓的"影响的焦虑"。
我并不想杀死洛佩斯·贝拉尔德或戈罗斯蒂萨或帕斯或萨比内斯。
恰恰相反,
我将不会写作甚至不知道该怎么办
假如不可能的事发生:不存在
《焦灼》《无尽死亡》《太阳石》《诗清单》*。

---

* 分别是上面提及的四位诗人洛佩斯·贝拉尔德、戈罗斯蒂萨(José Gorostiza, 1901—1973)、帕斯(Octavio Paz, 1914—1998)、萨比内斯(Jaime Sabines, 1926—1999)的作品,都是墨西哥诗坛的经典之作。

XIII

黑暗时代

(2009)

香皂颂歌

这世上最美也最洁净之物是椭圆的香皂,它闻起来只像自己。温和的雪或无辜的象牙片断,香皂这殷勤体贴的典范。让人忍不住去保护它周全无恙,堪称视觉的享受,触觉与嗅觉的赠礼。它的命运令人神伤:混同于星球上的各种肮脏。

在一瞬间里欢庆自己与水的联姻——水是万有的本质。香皂没有水则一无所成,无从展现自己存在的价值。高贵的联结并不妨碍且促成二者的毁灭。

无辜与纯洁将牺牲在污秽的祭坛。接触到星球污物的一瞬间,二者为了替我们赎罪,将舍弃自身的芬芳与原初,沦落于下水道与阴沟泥。

香皂为服务而舍身,也舍身于服务。使命完成后将变为发黏的薄片,无定形的软物,与此刻我手中的完美形象迥然不同。

作为被除的手段来抹消存在的重负与生活的腐蚀,水与香皂在黑夜救赎我们又为我们施洗在每个清晨。没有二者神圣的联盟，我们必将速速沉沦于卑污兽类的地狱。我们明明知道，却要装作不知更不肯致谢。

我们生而肮脏，我们也必将以卑贱腐坏的残骸收场。香皂让我们与自身原生的污浊保持距离，消除身体的野蛮，让我们一次又一次脱离幽暗与泥沼。

作为生命不可或缺的部分，香皂不能免于活物所共有的不洁。它同样无法幸免而沦为帮凶参与这普世罪行，让我们在地球上再延续一日。

每当我剃须修面去听一场室内音乐会，我从不肯煞风景地提醒自己如此超自然的美，化为空中泡沫的音乐，都离不开被砍伐的树木（乐器），象牙（钢琴琴键），猫肠（琴弦）。

同样，无论怎样的植物精华、化学物质或添加的香料都无法改变的事实：纯净的香皂的原材料是来自屠宰场的脂肪。最美最纯之物若脱离了最肮脏最可怕之物便不复存在。不幸的是，事情就是如此，也将永远如此。

遗忘也是香皂，用以清洁生存及其过剩。回忆是香皂，将自我发明的记忆提纯。写下的词语是香皂。

不敬的诗歌,疥癞的散文。最光鲜之物在最黑暗之物中找到源头。西班牙语是香皂,在诗歌里清洗生存的伤口,无助与挫败的污点。

面对普世罪行我无能为力。我只渴盼崭新香皂的芬芳。水会让香皂滑过肌肤,还我们一种想象中的无辜。

征服纪事

在爱情的野蛮帝国里,他从来不是征服者而是被殖民者。那些强权人物令他屈服,将自己的语言强加给他,又给他打上烙印。石制的武器面对火药与金属何其无力。一切被推翻,没人在乎他的存在,他的生活方式,他的信仰和传统。

新神殿矗立于旧圣所之上。奴役他又洗劫他的自然资源直到毁为荒原。把一切都掳掠到自己的领地,如今甚至不许他这昔日的主人找寻些残羹冷炙。

即使如此,还要他年年庆祝失败纪念日,为胜利者在街道上立起雕像加以崇拜并永远满怀感恩的心。在星球的不公分配中,她们是帝国列强,而他只是第三世界的又一个倒霉蛋。

时间过敏者（代后记）

1. 过敏

有人对花粉过敏，有人对动物皮毛过敏，有人对灰尘过敏。但也有人对时间过敏。比如墨西哥诗人帕切科。

2. "病历"

何塞·埃米利奥·帕切科出生于墨西哥城。十九岁那年，放弃了墨西哥国立自治大学的法律专业，觉得那是在教人欺骗穷人。从此"弃明投暗"，以文学为志业。小说、戏剧、文学评论、电影剧本、报刊专栏，能者无所不能，被视为继大文豪阿尔丰索·雷耶斯之后的又一位文坛多面手。

帕切科最初作为小说家步入文坛，著有《远风及其他故事》(*El viento distante y otros relatos*, 1963)、《你将死在远方》(*Morirás lejos*, 1967)、《快

乐法则》(*El principio del placer*, 1972)、《沙漠中的战斗》(*Batallas en el desierto*, 1981)、《美杜莎之血及其他边缘故事》(*La sangre de Medusa y otros cuentos marginales*, 1990)。现代社会里人与人之间的疏离、难以排遣的孤独感在其中多有体现。帕切科也是当代拉美最好的文学译者之一,译有贝克特《是如何》、王尔德《自深深处》、赫伯特《来自围城的报告》、爱森斯坦《墨西哥万岁》、本雅明《巴黎,十九世纪的首都》、田纳西·威廉斯《欲望号街车》。他参与编剧的电影有《贞洁堡垒》(1973)、《宗教裁判所》(1974)和《狐步舞》(1976),还曾将智利作家何塞·多诺索的《淫秽的夜鸟》和秘鲁作家巴尔加斯·略萨的《幼崽》改编为电影剧本。帕切科说,在文学期刊的编辑工作和撰稿经历是他真正的大学。作为专栏作家,他十数年如一日的周刊专栏《清单》在身后结集出版,共三卷本两千多页。

然而何塞·埃米利奥·帕切科首先是一位诗人。诗人或多或少都有时间过敏症,但帕切科"病"得重,"病"得奇。他的诗集就是他的"病历"。评论家一致认为时间是帕切科诗歌中最重要的主题。这一点从诗集的标题中可窥端倪:《不要问我时间如何流逝》(*No me preguntes cómo pasa el tiempo*, 1969)、《你将一去不返》(*Irás y no volverás*, 1973)、《从那以后》(*Desde entonces*, 1980) 以及《上世纪》(*Siglo pasado*, 2000)……

他习惯将已出版的诗集收为一册, 随着时间不断变厚, 但书名不变, 永远叫作《迟早》(*Tarde o temprano*, 1980, 2000, 2009)。他在1980年的序言里说:"我知道这本书迟早会消失不见。但在那之前, 我迟早要面对自己四十岁之前所写的东西。这其实是我写的第一本书, 写了二十年……"

3. 留痕

时间过敏者帕切科仿佛拥有被诅咒的沙漏瞳孔, 眼见的一切都在时间的流速中。帕切科写天气, 风暴、雨水、雪花:"雪的重量让时间的下坠变得可见"(《再见, 加拿大》)。写植物, 动物, 都同时在写时间。即使是花园里无声爬行的鼻涕虫, 也在时间的流速之中:

在它迟缓的涎水乐园

宣告:

> 在这世界上行走
>
> 　　　　意味着
>
> 一路留下
>
> 　　　自身的片断。
>
> （《蛞蝓生理学》）

全诗刻意凸显的逐行断续效果，仿佛模仿蜿蜒留下的涎痕。我们的人生就像蛞蝓，在时间中"自我消磨"。爱情不过是"没有未来的孤立片刻"，"乐园是无法延长的瞬间"。人们试图停下时间，延续瞬时的努力都会遭到时间的报复，无论是古老的肖像画："没什么能凝固瞬间：/ 在肖像中 / 死人死得更彻底"；还是现代的照相技术："照片是可怕的东西。/ 想想在这些四四方方的物体里 / 藏着一个1959年的瞬间。/ 脸孔还是当年的脸孔，/ 模样还是往昔的模样……"（《反柯达》）。

时间敏感者必定是哀歌诗人。但敏感于时间流逝的人，也洞悉何为必要的丧失。所以哀歌诗人帕切科写下了《反哀歌》：

> 我唯一的主题是已经没有的东西。
>
> 我像是总在谈论失去。

> 我刺耳的口头禅是"再也没有"。
> 然而我喜爱这恒久的变化,
> 分分秒秒的变幻
> 因为没有了它,我们称为生命的东西
> 就会变成石头。

诗人提醒我们不必因"一切都会过去……"而整日忧伤,因为"如果我们能 / 停止瞬间 / 一切将变得加倍可怕"(《飞逝颂》)。

时间过敏者被时间折磨又被时间吸引。硬币的两面无分正反,时间兼备毁灭之力与再生之能。就像密西西比河,就像大海。

4．大海

少年帕切科在墨西哥的维拉克鲁斯第一次见到大海。多年之后,他写下一首《永恒海》:"……没有开端 / 初次相见的地方就是她开始的地方 / 从此处处与你相遇。"

时间是永恒海。人类历史是一场海难记录,而**诗歌是遇难者的漂流瓶**。

5．重写

时间过敏者与诗人是近义词,有时甚至可成为同义词。诗人相信诗歌也对时间过敏:"每一首诗都会变老。"

诗人的多年好友,作家卡洛斯·蒙希瓦伊斯称帕切科为"重写家"。他不断在修改、重写自己的诗歌。写作对帕切科,是永远讲不完的故事,是西西弗斯的工作。"我不接受最终版本的概念。只要我活着,就会继续修改。"

6．印记

> ……你二九年的脸庞。
> 如今,突然间,濒临我的坟墓,你归回
> 在太忧伤的歌声里。有那么一刻
> 我们又变回俊美的一对。
>
> (《阿古斯丁·拉腊的第一首歌》)

伟大的音乐让昨日重来。正如安格尔的画作让维纳斯永生。而另一位大画家博斯以另一种方式战胜了时间的流逝,世代的更迭。他用画笔开启了时

间的连通器,同时画下了公元一世纪耶路撒冷的众人、中世纪尼德兰的群氓与此时此地的我们:

> 尽管他不知道我们
> 博斯已经无情地把你我画进了这幅画里。
>
> 我们需要的只是在其中认出自己。
> (《〈背负十字架的基督〉,博斯作》)

诗歌也希望做同样的事,与恋人们在石墙上刻下的姓名缩写并无本质的不同:

> 我得强调:他们相爱了
> 一星期,一年或半个世纪。
> 最终
> 被生活拆散或被死亡分开
> (二者必居其一)。
> ……
> 即使 M.A. 失去了 T.H.
> P. 也没有了 N. 在身边,
> 爱存在过也燃烧过一瞬间并留下
> 它卑微的印记,在这里的苔藓中,

> 在这本石头书册里。
>
> (《"Y"》)

诗歌真能做到为瞬间留下印记? 诗人很多时候在自我质疑:"我不想用倾斜的词语去亵渎无伤的爱情"(《对媚俗的新致敬》)。墨西哥诗人费尔南多·特哈达(Fernando Tejada,1932—1959)也曾在自己的诗行中自嘲:"我的诗行还不如你的美貌长久"。而这位诗人其实是帕切科创造的"异名者"之一(取自梅嫩德斯·佩拉约的《西班牙异端史》)。

诗歌的命运并不比"一个被丢进台伯河的塑料袋"更长久(《罗马谈话》),但诗人仍未真正放弃,依然期望"让我的言语成为你的声音,/ 哪怕只在一瞬间里"(《反朗诵》)。即使这可能是一场事先张扬的失败:

> 我失败了。是我的错。我承认
> 但我绝不请求原谅或赦免
> 我是为了尝试不可能的事。
>
> (《告别》)

诗歌本就是尝试不可能的事。 一首诗对世界有多大影响？就像一片花瓣落入科罗拉多大峡谷，帕切科说。诗歌抵挡不了坦克，或许能影响开坦克的人。

7. 匿名

时间过敏者对虚荣有天然的免疫力。他清醒地知道"我"在时间中的位置和使命。诗人也不过是人之链中的一环。

> 所以得有多傲慢去向世界宣告：
> "我是诗人。"
> 不对："我"什么也不是。
> 我是那传唱部落故事的人
> 像我一样的有许许多多。
>
> 我们占据了市场上的位置
> 替代死去的杂耍艺人。
> 很快我们也会离开而其他人到来
> 把他们的"我"放前面。
> (《大写的"我"》)

帕切科更愿意把诗歌当作一种集体的、匿名的创作。他提到西班牙诗人希梅内斯曾想创办一本诗歌杂志，以《匿名》名之，只收录诗作，概不具名。所谓原创是个虚假概念，诗歌不属于任何人。

8. 逝者

帕切科写过一首短诗《反对哈罗德·布鲁姆》，流传很广，据说连布鲁姆本人也曾在阿尔丰索·雷耶斯奖受奖词中引用，让帕切科很不好意思。其实诗人想说的，无非是不同意所谓"影响的焦虑"——他从没想过要"杀死洛佩斯·贝拉尔德或戈罗斯蒂萨或帕斯或萨比内斯"。恰恰相反，没有这些墨西哥诗人的作品，帕切科说自己就不会写作。

帕切科的第二本诗集《火的安息》题献给西班牙诗人塞尔努达，此后的《你将一去不返》纪念英年早逝的墨西哥诗人何塞·卡洛斯·贝塞拉，《从那以后》献给墨西哥诗人韦尔塔，《记忆之城》纪念智利诗人恩里克·林恩，《流沙》纪念帕斯和西班牙诗人何塞·阿古斯丁·戈伊蒂索洛……帕切科翻译过T. S. 艾略特、狄金森、勒内·夏尔、德鲁蒙特·安德拉德，也改写和仿写古希腊短诗和日本俳句。在精心编织的互文之网中，所有诗人都是他的同代人，

导师和同伴:

> 每次你开始写一首诗
> 都要先召唤逝者
>
> 他们看着你写作
> 帮助你
> (《D. H. 劳伦斯与已逝的诗人》)

9. 废墟

在时间的取景器里,全世界都是废墟的序曲。被垃圾包围的罗马,被火山湮灭的庞贝,被雨林吞噬的玛雅古城,受白蚁威胁的新奥尔良。以及,诗人的故乡墨西哥城。被征服的墨西哥城("墨西哥地下的惨绿/永远腐烂的水/洗濯被征服的血")。两次强震后的墨西哥城("吞噬是它唯一的语言。/它想要在废墟间被崇拜")。

废墟大如城市,小如玩具。委于尘埃里的熊,兔子,日记本,也是童年的废墟:"知道在阁楼里等待自己的/是属于尸体的无尽流亡。"(《玩具》)

10. 他者

在以万物为刍狗的时间大戏里,人类中心主义只能是个笑话。人类和其他物种,同在时间之流中载沉载浮。帕切科大多数诗集里都辟有一辑动物诗,从蚯蚓到章鱼,从刺猬到水母,从猫到鹰到猫头鹰。或化身为鱼冷眼旁观(《他者的目光》),或借蟋蟀的鸣叫为诗歌一辩(《蟋蟀》),或让昆虫藐视人类的审美(《苍蝇评点环球小姐》)。在与西班牙诗人路易斯·加西亚·蒙特罗的访谈中,帕切科说动物"意味着他者,沉默和无动于衷。我们永远不会知道它们在想什么,怎么看世界"。帕切科的动物诗具有生态学的谦卑,正与他的诗歌观契合:"诗歌让我脱离自己/拥有另一种经验的经验。/诗歌让人性变得人性"(《赞美》)。

11. 石头

评论家一致认定《不要问我时间如何流逝》是帕切科诗歌创作的分水岭,从此淡去了以前诗集中的超现实色彩和形而上语言,风格更个人化,更富反讽。抒情人称极少再出现"我",出现更多的"我们"和"你"。帕切科自己却说，不是我变了，是世界变了。

《不要问我时间如何流逝》是帕切科在1968年特拉特洛尔科广场屠杀事件后出版的第一部诗集。在《特拉特洛尔科手稿》一诗里，历史的新旧血迹叠加，求救和控诉的呼声混响，"我们"是被西班牙"征服者"戕害的阿兹特克人，也是与数个世纪后在同一个广场被军队屠戮的抗议民众。命运如出一辙，而"特拉特洛尔科之外一派升平 / 可怕的，耻辱的恬静"。

抵抗遗忘的侵蚀，诗歌是历史激流中的石头。

12．奖项

帕切科几乎囊括了西语世界所有重要的诗歌奖项：墨西哥"国家诗歌奖"（1969）、"国家文学奖"（1992）、"何塞·亚松森·席尔瓦最佳西语诗集奖"（1996）、"何塞·多诺索伊比利亚美洲文学奖"（2001）、"奥克塔维奥·帕斯诗歌奖"（2003）、"巴勃罗·聂鲁达伊比利亚诗歌奖"（2004）、"阿尔丰索·雷耶斯文学奖"（2004）、"费德里科·加西亚·洛尔卡国际诗歌奖"（2005）、"索菲亚王后伊比利亚美洲诗歌奖"（2009），以及最后也是最重要的，"塞万提斯奖"（2009）。他在领奖词中说：塞万提斯奖要是能颁给塞万提斯就好了——那个晚年落魄的塞万提斯会多么高兴。

13. 邻居

每当有人问他，是不是当世最好的西语诗人，他就回答：当然不是。我甚至都不是我们街区最好的诗人——因为胡安·赫尔曼是我的邻居。

14. 余响

《不要问我时间如何流逝》中的同名诗作开篇有一则引文，据说出自某位中国古代诗人：

> 世上的尘埃中不见了我的足迹；
> 　　我离开步履不停。
> 　不要问我时间如何流逝。
> 　　　　　　　　LI KIU LING

帕切科读的是西班牙传奇汉学家黄玛赛

（Marcela de Juan）的译文。这位 LI KIU LING 是何许人也？我正好有一本 1948 年西方杂志版的《中国诗歌小集》(*Breve antología de la poesía china*)，第 47 页收录了这首诗。帕切科摘录的是其中两句。译者黄玛塞给出的信息很简短，只说作者是唐代，八世纪诗人。由此稍做了些侦探工作，可断定是唐末诗人李九龄的《山中寄友人》：

乱云堆里结茅庐，
已共红尘迹渐疏。
莫问野人生计事，
窗前流水枕前书。

范晔

图书在版编目（CIP）数据

不要问我时间如何流逝：何塞·埃米利奥·帕切科诗选 /（墨）何塞·埃米利奥·帕切科著；范晔译. -- 北京：北京联合出版公司，2022.10
ISBN 978-7-5596-6435-8

Ⅰ. ①不… Ⅱ. ①何… ②范… Ⅲ. ①诗集－墨西哥－现代 Ⅳ. ① I731.25

中国版本图书馆 CIP 数据核字 (2022) 第 143874 号

北京市版权局著作权合同登记号 图字：01-2022-4657 号

不要问我时间如何流逝：何塞·埃米利奥·帕切科诗选

作   者：[墨] 何塞·埃米利奥·帕切科
译   者：范 晔
出 品 人：赵红仕
策划机构：明 室
策划编辑：赵 磊
特约编辑：赵 磊
责任编辑：孙志文
装帧设计：山川制本 workshop

北京联合出版公司出版
(北京市西城区德外大街 83 号楼 9 层　100088)
北京联合天畅文化传播公司发行
北京市十月印刷有限公司印刷　新华书店经销
字数 130 千字　787 毫米 ×1092 毫米　1/32　8.5 印张
2022 年 10 月第 1 版　2022 年 10 月第 1 次印刷
ISBN 978-7-5596-6435-8
定价：62.00 元

版权所有，侵权必究
未经许可，不得以任何方式复制或抄袭本书部分或全部内容
本书若有质量问题，请与本公司图书销售中心联系调换。
电话：(010) 64258472-800

RESUMIDAS CUENTAS；
'Elogio del jabón' and 'Crónicas de la conquista' from
COMO LA LLUVIA.:Poemas 2001-2008；
Copyright © 2004, 2009 by José Emilio Pacheco
and Heirs of José Emilio Pacheco
Published by agreement with Cristina Romo Hernández
through Agencia Literaria Carmen Balcells
Simplified Chinese edition copyright
© 2022 by Shanghai Lucidabooks Co., Ltd.
All rights reserved